I0684177

Todos los libros de Linkgua Ediciones cuentan con modelos de Inteligencia Artificial entrenados por hispanistas. Pregúntale al chat de tu libro lo que desees acerca de la obra o su autor/a.

Para ebooks: Accede a nuestro modelo de IA a través de este enlace.

Para libros impresos: Escanea el código QR de la portada con tu dispositivo móvil.

Obtén análisis detallados de nuestros libros, resúmenes, respuestas a tus preguntas y accede a nuestras ediciones críticas generativas para una experiencia de lectura más enriquecedora.
La transparencia y el respeto hacia la autoría de las fuentes utilizadas son distintivos básicos de nuestro proyecto. Por ello, las respuestas ofrecen, mediante un sistema de citas, las fuentes con las que han sido elaboradas.

José María Blanco White

Dos relatos:
Costumbres húngaras
El alcázar de Sevilla

Barcelona 2024
Linkgua-ediciones.com

Créditos

Título original: Dos relatos.

© 2024, Red ediciones S.L.

e-mail: info@linkgua.com

Diseño de cubierta: Michel Mallard.

ISBN rústica: 978-84-96428-58-4.
ISBN ebook: 978-84-9897-863-6.

Sumario

Brevísima presentación

La vida

José María Blanco White (1775-1841). España.

Nació en Sevilla en 1775. Hijo del vicecónsul inglés Guillermo White. Fue canónico magistral en Cádiz y Sevilla y formó parte de la Academia de Letras Humanas (1793-1802). Tras una crisis espiritual marchó a Madrid, en donde trabajó en la Comisión de Literatos del Instituto Pestalozziano y luchó contra los franceses durante la ocupación.

Su ideología liberal le llevó a discrepar con la Junta Central; marchándose de España rumbo a Inglaterra en 1810, allí reinició sus estudios de inglés, su segunda lengua, y del griego. Fue profesor de la Universidad de Oxford y escribió crítica literaria en inglés y español publicada en *Variedades* o *El Mensajero de Londres* (1823-1825) publicación financiada por Rudolph Ackermann.

Murió en 1841 en Liverpool, Inglaterra.

Costumbres húngaras

Los campos, en tanto que el calor de la juventud está dispuesto como el del vino nuevo a subirse a la cabeza, disponen a la alegría bulliciosa; pero, en la mitad del camino de la vida, la belleza campestre produce un placer que, en su apariencia exterior, pudiera equivocarse con la melancolía. ¡Oh, amigos de mi juventud, donde quiera que os haya echado la tormenta horrible que ha sumergido la España, si estos renglones llegaren a vuestras manos y os trajeren a la memoria los días que, a orillas del Guadalquivir y Manzanares, ahogábamos en el placer de la amistad y del campo la amarga sensación interna de la esclavitud española, sabed que, al cabo de tantos años, en el reposo de la edad que se inclina a la vejez y de la adusta experiencia que ha cortado las guías a las alas de la esperanza, vuestro amigo no puede pasar un día de verano en las márgenes deliciosas del Támesis sin que la imagen de los compañeros de su juventud le humedezca los ojos! ¿Por qué no están aquí?, digo entre mí. ¿Por qué, como yo, no rompieron, en tiempo, los grillos políticos con que el falso nombre de patria remacha las prisiones de los que nacen donde no se permite a los hombres tener voluntad ni opinión propia? Una esperanza generosa ha doblado sus prisiones. Quisieron hacer bien a un pueblo a quien el veneno de la superstición ha reducido al delirio y yacen a merced del despotismo y la ignorancia. ¿Hay acaso remedio para males como los de España? ¿Hay cura para el fanatismo arraigado por siglos?

Mala prueba, empero, va dando la pluma del reposo de que hablé al principio; pero, cuando una idea dolorosa se presenta repentinamente al ánimo, helado o duro por demás ha de ser el escritor que por medio de una digresión no dé suelta por un momento a sus afectos. Además, la historia que voy a contar es triste, y, como los recuerdos que me ocurrieron no lo son menos, tal vez servirán de preparar el oído, como los preludios de un mismo tono en la música. Volvamos, pues, al Támesis.

Un día de verano, en que el cielo incierto de Inglaterra había amanecido con el aspecto dulcísimo que a veces toma, dispuse valerme de uno de los barcos de vapor que en aquella estación suben diariamente, río arriba, desde la Torre de Londres hasta el hermoso pueblo de Richmond. Un vientecillo ligero del sudoeste daba a las aguas y las hojas el movimiento necesario, y no más, para quitar la quietud macilenta que toman las escenas campestres inglesas, en los días de calor y calma, a causa de la humedad de que abunda la atmósfera. A poco rato de esperar a la orilla, divertido con la escena de actividad que las cercanías de Londres presentan a todas horas, descubrí, por cima del torno inmediato, la columna movible de humo que indicaba la cercanía del barco; y en breve apareció, cortando majestuosamente las aguas, rodeado de la espuma que forman las aletas de las ruedas; en fin, con más apariencia de un monstruo marino que se mueve a discreción propia que de máquina inanimada a quien la ingeniosidad del hombre da impulso. Púseme en un bote pequeño y enderecé hacia el barco, que al momento refrenó el ímpetu con que iba, como si de modo propio se dispusiese a recibir la nueva carga. La subida cómoda y segura, la anchura de la cubierta rodeada de una baranda agraciada, la variedad de pasajeros, parte sentados, parte paseándose como por una gran sala, todos bien vestidos, todos de buen humor, aunque quietos, presentan al no acostumbrado un cuadro de la mayor novedad e interés. Pero nada llega a la variedad bellísima que halaga la vista, al paso que el barco se deja atrás a Londres. Aun antes de perder esta ciudad de vista, ella sola basta para excitar en la mente un enjambre de ideas y en el corazón un remolino de afectos. ¡Qué grandeza, qué poder, cuántas virtudes, cuántos vicios, qué acumulación de placeres, qué peso enorme de aflicción y dolor se encierran en aquel mar de casas, de que solo descubro la orilla! El hilo (si es que lo tienen) de estas ideas se rompe al acercarse al gran puente de Waterloo, cuyo igual no se ve en Europa. Se pasma la imaginación a hallarse surcando las aguas libremente bajo los arcos aplanados que dan paso al río, al ver la solidez de la estructura, la magnitud de los cantos de granito azulado y, más que todo, la aparente facilidad que la obra presenta después de acabada. Pero si los otros puentes pierden parte de su efecto sobre el espectador después de visto el de Waterloo, hacen, no obstante, que la admiración se aumente por su variedad y su número. El puente de hierro colado de Vauxhall, por la extrañeza de su material y construcción, admira al que lo ve de nuevo, y mucho más al que pasa debajo de él y observa la multitud y complicación de las barras que lo sustentan.

Pasado que se ha el Real Hospital de Chelsea, que da magnífico asilo a los inválidos del ejército, la escena toma el carácter mixto, ciudadano-campestre, que es propio de Inglaterra. Ambas orillas están salpicadas de casas y aun de pueblos pequeños. Pequeños, digo, en comparación de Londres, pues Hammersmith, por ejemplo, pasaría por villa de primer orden en otras partes. Abundan las casas de campo de gentes ricas a la margen del nobilísimo río, que, estrechándose poco a poco, gana en tranquilidad y belleza lo que pierde en raudales. Los jardines reales de Kew, el elegante puente de piedra que toma el nombre del pueblecito en que están los jardines, los edificios que descuellan aquí y allí, en todas direcciones, y parecen moverse con el rápido movimiento del barco, en fin, la multitud de árboles, especialmente sauces acopados, de las orillas, que dan a las aguas transparentes del río un verde esmeralda de la mayor pureza, transportan la imaginación a países encantados y la dejan atrás en sus más atrevidos vuelos. Mas ¿quién podrá describir las sensaciones internas que, entre tales objetos, causa la banda de música que a deshora rompe en ecos que, en la expansión del aire libre, pierden hasta la menor aspereza o disonancia? Una orquesta completa y arreglada daría al aficionado a música placeres de un orden más superior, más enlazados con el entendimiento, más coloreados con las fuertes tintas de las pasiones, pero en vano aspiraría a excitar el vivo, aunque suave, transporte que las vagas vibraciones de un arpa, acompañada de tres o cuatro instrumentos de viento, producen bajo un cielo plácido, toldado de ligerísimas nubes, en tanto que un bajel movido sin velas ni remeros se desliza por cima de mil imágenes de árboles, casas, Sol y nubes, que bailan ante los ojos, pintadas en el fondo del río.

Algún rato había pasado gozando en silencio esta escena, cuando entre los pasajeros descubrí a un conocido que, habiéndome visto casi al mismo tiempo, se dirigía hacia mí. Era éste un militar que, habiendo servido, aunque extranjero, en el ejército inglés con mucho honor y en dilatadas campañas, subió por su mérito a un grado muy alto en él. Los españoles, acostumbrados al uso constante de uniformes y distintivos, extrañarían que un oficial de tan alta graduación pudiese confundirse entre los pasajeros de un barco, sin llamar la atención por algún tiempo. Pero es menester que sepan que las costumbres inglesas no permiten la odiosa afectación de presentarse al público con distintivos de ninguna clase, a no ser para ir a palacio en días de besamanos o cuando los oficiales están de facción. Mi conocido (pues el poco trato que hasta entonces habíamos tenido no nos había aún hecho amigos) se sentó a mi lado, y desde entonces pasamos bastante parte del día en conversación agradable. A la vuelta, apenas pusimos pie en el barco, me dijo que su casa estaba tan cerca de la orilla del Támesis y de Londres que tendría mucho gusto en que desembarcásemos en sus inmediaciones y fuésemos juntos a tomar té en ella. Admití gustoso el convite y, antes de ponerse el Sol, me hallé en una casa adornada con gusto pero sin ostentación, asilo en que mi buen general, cargado más de dolencias contraídas en sus campañas que de años, pasaba la tarde de su vida en honrada quietud. Colocámonos en la sala principal, sin tener que pasar por nuevos cumplimientos a la entrada, porque, siendo soltero y sin parientes en Inglaterra, mi huésped vivía solitario. Estaba la sala, que era espaciosa, adornada con varios cuadros y curiosidades, muchas de ellas hechas por manos del general, hombre de habilidad e ingenio. Era dado a la música, y esta circunstancia contribuyó bien pronto a cierta intimidad, pues, siendo yo de los iniciados en este arte encantador, siempre he hallado en todos los verdaderos aficionados una especie de fraternidad masónica. Examiné los cuadros —planos de fortificaciones de que nada entendía—, vi sables e insignias de honor ganadas en el campo de la gloria que me hicieron bullir la sangre en el pecho; mas nada fijó mi atención sino un marco con cristal que encerraba una especie de mapa de relieve en que los objetos resaltaban de bulto, casas, montes y bosques. Admiré la destreza de la ejecución y el agradable efecto de la ilusión producida, pues, con poco esfuerzo de imaginación, se podía uno creer sobre algún alto cerro desde donde descubría a lo lejos y reducido por la distancia el pequeño territorio que el mapa representaba. Era éste un espacio de como una legua a la redonda, con una espaciosa casa de campo en el centro, un pequeño lago bajo el recuesto en que aparecía la casa y varias colinas que ondeaban el terreno en todas direcciones, coronadas algunas de pequeños bosques, y todas ellas con aspecto que indicaba ser aquel sitio un valle de país montañoso.

Viéndome mi amigo (tal nombre no será ya impropio, pues la afición mutua crecía) tan interesado en la escena rústica que tenía a la vista, dijo:

—Si supiera usted la historia de ese cuadro, creo que lo miraría aún con más ahínco.

—Mucho me alegraría de saberla —le respondí.

—A no parecer afectación en un anciano —contestó el general— hablar de sus primeros amores, se la contaría a usted toda. A la verdad, han tantos años que aconteció y tan del todo ha borrado la desgracia hasta las huellas de la familia que habitaba esa casa, que no puede haber inconveniente alguno en que yo cuente la triste aventura que me liga el corazón a ese sitio. Sentémonos, pues, y oiga usted la

Historia de un año en Hungría

—Mi padre era mayor al servicio de Austria, cuando teniendo yo solo seis años me llevó consigo a Malinas. Viome allí varias veces el arzobispo de aquella ciudad, conde de F., y, habiéndome tomado afición, propuso que fuese a educarme a Viena en casa de su hermana la condesa de S. hasta que hubiese una vacante en la Academia Militar. Mi padre aceptó alegre la oferta, sabiendo que bajo tal protección no podía yo dejar de hacer carrera. Lleváronme, en efecto, a Viena, donde me crié con el sobrino del arzobispo, quien, como todos sus parientes, personas de grande influjo, me cobraron amor y promovieron mi educación en el colegio.

»Aún no tenía más que el grado de teniente, cuando el gobierno me comisionó para tomar medidas trigonométricas en Hungría. Partí, acompañado de algunos soldados para el manejo de los instrumentos matemáticos y servido, como un príncipe, por los maestros de postas que, al oír el nombre de un militar comisionado por la corte, beben el viento por servirlo.

»No se necesita de esta recomendación para que un militar sea recibido con la mayor franqueza por las gentes ricas. La hospitalidad que reina en Hungría, la sencillez primitiva y pureza de costumbres que en el tiempo de que hablo conservaba el bello sexo aparecerán bien a las claras en la relación que voy a hacer. Al mismo tiempo se echará de ver cierta falta de instrucción y finura en los hombres, nacida del retiro en que su posición geográfica los hace vivir. Tal vez contribuya a retardar la civilización la variedad de lenguas que divide los habitantes. Solo una tercera parte de la población habla la lengua húngara; los demás están repartidos entre la alemana y la ilírica. Entre las gentes que tienen alguna educación es muy común hablar latín, y el extranjero que esté acostumbrado a usarlo familiarmente será entendido casi en todas partes. Otra de las causas que probablemente contribuyen al atraso de Hungría son ciertos privilegios nacionales que, aunque reducidos a mera sombra, ofrecen, no obstante, medios de intrigas y fomento de preocupaciones añejas. Tal es lo que llaman el Concejo de Comitat, en que anualmente se juntan los señores de cada provincia para tratar de los intereses municipales. Pero las operaciones de este cuerpo se reducen a convites y bailes, en tanto que los negocios quedan en manos y a discreción de los escribanos o secretarios, que son los únicos que, por lo general, entienden a las gentes del pueblo. Las clases inferiores, aunque envanecidas con sus antiguos privilegios y en especial con la hidalguía hereditaria, que es tan común como he oído que sucede en Asturias, están enteramente sumisas a los grandes señores y solo dicen lo que los escribanos les sugieren en nombre de ellos. Esta digresión será del caso para entender el pasaje más importante de mi historia.

»Joven militar y comisionado por el gobierno, no era posible que me faltase obsequio en Presburgo. Vino el Carnaval, en que se estila que la nobleza dé bailes públicos toda la temporada. Los usos del país, en este caso, son singulares. Si hay tropas de guarnición en la ciudad o se hallan en ella algunos militares de paso, reciben billetes de entrada sin procurarlos. Los directores hacen una lista de los convidados, y, si hay más hombres que mujeres para el baile, los primeros proponen nombres de señoritas conocidas, que se insertan en la lista; y solo esto basta para que los padres no puedan, sin impolítica, impedirlas de ir al baile.

»Empezaron los bailes, y, desde el primero, hice conocimiento con dos hermanas, llamadas las señoritas de P., jóvenes de gran belleza y modales amables. La mayor era diestra en el vals; la segunda, aficionada a contradanzas. Gustábanme las dos, pero mi afición a la mayor crecía de día en día. Pero ¿cómo había de pensar en fomentar o declarar un afecto que no podía conducir a término feliz? Un teniente sin caudal no podía ofrecer su mano a una joven con mejores esperanzas. Por tanto, llegado el último día, como yo no tenía conocimiento en casa de mi compañera, no pude menos que despedirme diciéndole:

—Hemos bailado ya el *kerahus* o conclusión, y en verdad que aquí acaba nuestra historia, pues ya no os veré más.

—De ningún modo —me respondió, con un candor indecible—; a no ser que queráis huir de nosotras. Todo está ya dispuesto para que visitéis en mi casa; mi padre sabe quien sois, y yo también estoy dispuesta en más de lo que pensáis. Así que, si queréis, mañana podéis ir a vernos.

»Semejante inocencia me ganó en un momento la parte del corazón que me quedaba libre, si es que todo él no había sido aprisionado mucho antes. Pero al mismo tiempo hice el más firme propósito de no abusar lo más mínimo del candor de mi amiga.

»Mi alojamiento estaba en el Castillo Imperial, que, dominando en sentido físico y militar la ciudad y el Danubio, presenta una de las vistas más hermosas de aquel reino. Pero desde que recibí esta cita hasta que, saltándome el corazón en el pecho, partí a hacer la esperada vista, Presburgo y el Danubio habían desaparecido a mis ojos. Apenas entré en la casa, cuando las dos hermanas se pusieron a mis lados y me llevaron de la mano a presentarme a su padre. Agitado como me hallaba, me vi tentado de risa a observar que el buen caballero me recibió, como si fuera obispo, echándome una bendición. Pregunté la causa de tan inusitada ceremonia y hallé en ella una prueba del estado de superstición e ignorancia de aquel país, pues el objeto de hacerme la cruz, como al diablo, era, me dijeron, evitar que mi venida a la casa fuese con mal agüero. ¡Ojalá que tal precaución hubiese sido efectiva, y que en lugar de una ceremonia supersticiosa hubiera dirigido al cielo un ruego capaz de obviar las desgracias que, sin culpa mía, llevaba a aquella familia con mi presencia!

»Continuaba visitando en la casa con la franqueza de un pariente cercano, cuando el padre me dijo un día:

—Amigo mío, tengo que pediros un favor. Mi mujer está algo indispuesta y me impide que vaya a mi hacienda de campo, como había intentado. Mis hijas saben manejar mis negocios tan bien como yo; pienso, pues, mandarlas en mi lugar, y os estimaría infinito que las acompañaseis.

»Semejante petición, de parte de un padre, en otros países parecería no menos desatinada que indecente; en Hungría se miraba sin la menor sospecha o censura. Acepté, por supuesto, la propuesta, confiado en mis sentimientos de honor y en la pureza de alma de las jóvenes a quienes iba a acompañar, que era bastante a contener en su deber a cualquiera que no fuese un monstruo. Ese valle que veis ahí representado fue la escena de un amor silencioso que no hubiera salido de mi pecho a no ser por la mala suerte que trataba de halagarme en falso para hacer más sensibles las desgracias que estaban preparadas para mí y, mucho más, para el inocente objeto de mi pasión.

»Por lo que hace a mi residencia con las dos hermanas, la alegría juvenil y chancera con que me trataban me hacía una especie de esclavo voluntario de entrambas. Un día que el padre vino a visitarnos, me halló a poca distancia de la casa diseñando el mapa de que después saqué ése de relieve. Encontróme sentado sobre la hierba, bajo un árbol, pero sin zapatos.

—¿Qué es esto, amigo? —me dijo—. ¿Queréis ahorrar el sueldo reservando el uso de zapatos para la ciudad?

—No, señor —le respondí—; mis zapatos están en poder de vuestras hijas, quienes me los embargan cuando intentan que no me separe de la hacienda.

»Rióse a carcajadas el buen hombre y, enseguida, quiso averiguar lo que estaba haciendo. Miró el mapa, mas tal era su ignorancia que no podía comprender su objeto. A fuerza de esfuerzos logré explicarle la representación de los objetos que tenía presente. Vio allí su casa, el lago, los montes y bosques, y quedó pasmado, teniéndome casi por brujo.

»La situación en que me hallaba, aunque en extremo agradable, no podía durar mucho sin que produjese una crisis, o tan feliz que no era ni para soñada o tan dolorosa que debía amargar el resto de mis días. Acercábase, en efecto, el tiempo en que era indispensable mi partida, y esto sin haber ni por insinuación propuesto mi enlace con la que ya era objeto de una pasión arraigada. Sumergido en estos pensamientos, la alegría que me animaba al principio de esta aventura se convirtió en un abatimiento que se aumentaba de hora en hora. En vez de proponer paseos y diversiones como al principio, me retiraba mecánicamente, y casi sin saber adónde iba, a la sombra de un árbol, con papel y lapicero, como si fuese a dibujar, pero al cabo de horas me hallaba que no había tirado una línea.

»Embebido en mis confusas ideas, una mañana me hallé de súbito con las dos hermanas, que lentamente se habían acercado por el bosquecillo en que me hallaba. Venían dadas del brazo, y la menor parecía ser la que guiaba; el objeto de mi amor echó una ojeada hacia donde yo estaba y tiró un poco atrás a su hermana, subiéndole el color a la cara. La más joven, rebosándole el rostro vida y alegría, opuso a este movimiento otro tirón más fuerte hacia mí, apretando con la mano izquierda la derecha de su hermana y diciéndole con tono de afectuoso enojo una o dos palabras que no pude entender. Dirigióse enseguida a mí y, con su acostumbrada viveza, me dijo:

—Vamos a cuentas, amiguito; en nuestra casa no se sufren melancolías. Dígame usted la causa de su tristeza, o, si no, le quitamos al punto los honores de nuestro caballero andante.

»Forzando al semblante una sonrisa, trataba de responder en chanza, pero faltáronme las palabras que intentaba. En lugar de ellas, se me escaparon quejas contra la suerte que preparaba nuestra separación de allí a pocos días.

—Conque, según eso —continuó la menor—, ¿sentís dejarnos?

—Sabe el cielo —contesté— que nada me puede ser más sensible.

—¿A entrambas igualmente?

»El bochorno que cubrió, desde la frente al cuello, a mi querida me cegó en un instante los ojos del miramiento y, tomando con ardor su mano y llevándola a mis labios, la solté al momento para coger entre las dos mías la derecha de la agraciada medianera.

—¡Muy bien está, señor mío! —dijo con afectada seriedad—. Ya veo que usted no me quiere a mí. Mas, como soy generosa, no quiero tomar venganza. Sabed, pues, tristísimo caballero, que yo he pedido a mi hermana para vos, y que solo tenéis que daros prisa a obtener el grado de capitán para lograr la incomparable dicha, el alto honor, etcétera, etcétera, de ser su marido. ¡Vaya el hombre: se nos ha convertido en estatua!

»Tal seguramente me sentí por algunos momentos.

—¿Es posible que no me engañéis? —dije, transportado.

—No, no te engaña, amigo mío —respondió mi adorada; y, arrojando los brazos al cuello de su hermana, le bañó el rostro con lágrimas agradecidas.

—¡Dichoso yo, mil veces dichoso! La condición de mi ascenso que se me impone se va a cumplir dentro de pocos días. Separémonos ahora, pues mis deberes militares lo exigen y, en breve, me veréis aquí, con mi otra charratela, a reclamar la promesa de la mano que adoro.

»En vano sería pintar la felicidad agitada de los días que antecedieron a la partida ni los afectos encontrados de la separación. Por lo que hace a mí, el horizonte de mi esperanza aparecía sin un celaje, hasta que, habiendo recibido mis amigas una carta de su padre mandándonos volver a la ciudad a causa de que esperaba por huésped al señor de S., la hermana menor me dijo:

—Ese señor es hombre que se me opone. Cuidado amigo mío, con no disgustarlo, porque mi padre no tiene más voluntad que la suya.

»Cierta sospecha me desasosegó al oír esto, pero, habiendo sacado en claro que el dicho hombre era casado, desapareció de mi imaginación todo recelo. Fuimos a la ciudad, y en breve fui presentado al gran personaje que venía por huésped. Hallé en él un hombre de entre cuarenta y cincuenta años, ignorante, pomposo y vano, con poquísima finura y mucha afectación de franqueza grosera. A no haber sido por miramientos debidos a la casa y a mis relaciones entabladas con la familia, le hubiera tal vez costado cara la muestra que nos dio un día de esta atrevida libertad de modales. Nos habíamos levantado de la mesa, y las señoras estaban asomadas a un balcón, cuando el señor S., acercándose sutilmente a mi amada, le echó un brazo a la cintura diciendo:

—¡Este tamaño ha de tener el talle de mi segunda mujer, cuando enviude!

»Hirvióme la sangre en las venas, pero la prudencia me contuvo y en breve olvidé al estúpido noble y su medida de esposas futuras.

»Nuestro apetecido enlace se hubiera verificado antes de mi partida si la promoción que esperaba de día en día no se hubiese detenido por una intriga desgraciada. Hice mención, al principio, del Concejo de Comitat, que se reúne todos los años en las provincias de Hungría. El de la que había sido por tiempo considerable mi residencia, movido por la emulación que reina entre los militares y paisanos, formó una especie de proceso contra mí, lleno de acusaciones falsas o infundadas que los escribanos sonsacaron a las gentes del pueblo. La más grave era que uno de mis soldados había, de mi orden, dado algunos palos a un hidalgo. La verdad del hecho es que, hallándome en un pueblo pequeño en que hasta los basureros son hidalgos, rompió un incendio, a que acudí con mis soldados. El magistrado principal, que estaba presente, me pidió auxilio para hacer que las gentes ayudasen a ahogar el fuego. La cobardía y resistencia de algunos de los presentes me obligaron a recurrir a la fuerza. Tal fue el cimiento de la acusación que detuvo al Concejo de Guerra en darme la capitanía, hasta que, averiguado el caso, no solo me dieron mi ascenso sino que reprendieron severamente al Comitat. Pero el daño que resultó de esta tardanza, deteniendo mi casamiento, no había poder humano que pudiese repararlo.

»Procedí, por algunos meses, a lo restante de mi comisión, siempre festejado de cuantas gentes de forma vivían en la vecindad en que me hallaba. Pero la palabra vecindad necesita de explicación, hablando de Hungría. Por ejemplo, un coronel retirado a quien hallé en una casa donde me daban un convite me dijo que no permitiría que me separase de su vecindad sin ir a verlo. Lo que él llamaba vecindad era una distancia de treinta leguas. Es verdad que la excelencia de los caminos y la prontitud con que se ponen las remudas de cuatro caballos hacen que las distancias de esta clase sean insensibles.

»Habiendo aceptado este convite, hice mi arreglo para pasar algunos días en una casa, a lo que entonces sabía de ella, completamente desconocida para mí. Tomé mi silla de posta y, estando para concluir la jornada, vi dos hombres a caballo que, a galope, se acercaban. Apenas estuvieron a distancia de verme cuando volvieron la grupa y corrieron a rienda tendida. Vilos entrar en la casa como cinco minutos antes que yo llegase. Al punto que me acerqué a la puerta, salió un grupo de aldeanos y aldeanas a recibirme con instrumentos de música campestre, y la campana del castillo[1] empezó a repicar. Una dama vestida a la húngara se presentó en el porche alargándome la mano con muestras de antigua amistad. Mi sorpresa fue no menos grande que agradable al reconocer a una señora a quien desde mis primeros años había tratado en Viena. Habíase casado con el coronel que me convidó y, sabiendo ella que yo me hallaba donde estaba su marido, le escribió que insistiese en que le hiciera una visita, sin decirme que venía a ver a una amiga.

»Aunque con el corazón siempre donde estaba mi amada, los días pasaban para mí gustosamente en esta mansión agradable, donde todo me halagaba, todo sonreía a mi vista. Pero un día, en lugar de la carta acostumbrada de mi futura esposa, hallé una con sobre escrito de letra de su hermana. Abríla agitado, temiendo que estaría enferma, cuando... la vista me faltó al leer la mitad de su contenido. El señor de S. había enviudado, no sin sospecha de haber apresurado la muerte de su mujer, y, al cabo de un mes de luto, había pedido a la que debía ser mía. Según me decía su hermana, la fortuna de su padre estaba pendiente de la voluntad de aquel hombre, que podía, y aun amenazaba, arruinarlo si no fomentaba su pretensión. A lo que entendí después el padre de mi desgraciada había aumentado su caudal negociando con los intereses de la caja militar que, como comisario, había tenido a su cargo —delito de Estado que no se perdona en Austria—. El señor de S. tenía en su poder papeles que probaban el hecho. Pero, volviendo a mi querida, la resistencia que hacía a la propuesta había irritado al padre, quien bárbaramente la había hecho encerrar en un castillo, cerca de Tirnau.

»Este golpe mortal disipó en un instante las visiones deliciosas de felicidad que hasta entonces se presentaban día y noche a mi imaginación exaltada. Mi amiga y huéspeda se esforzó cuan-

---

1   En el sentido de la palabra francesa chateau, mansión señorial en el campo. (N. del A.)

to pudo a consolarme; yo mismo procuraba mantener en vida mi amortecida esperanza, con la idea de que era imposible que un padre tan amante de una hija que lo adoraba tuviese corazón para sacrificarla. Mas, a pocos días, me llegó una carta de él mismo, suplicándome, por la afición que me había mostrado en el seno de su familia y si no quería verlos a todos sepultados en la indigencia, que escribiese a mi querida relevándola de la promesa que me había dado y poniéndola en libertad de contraer otro casamiento. Apenas leí esta carta cuando arrebatando la pluma, entre la indignación y la lástima, le incluí una carta para la infeliz en quien mi vida estaba cifrada, dándole la prueba más dolorosa y desinteresada de mi amor en la renuncia que hacía de su persona.

»La violencia que me hice al dar este paso causó más daño en mi salud que lo que yo imaginaba. Dejé la mansión de mi amiga de Viena para proseguir los trabajos de mi comisión. Y aquí tengo que describir otra escena de hospitalidad húngara que, aún después de las ya dichas, parecerá increíble a los que no la han experimentado. Mi primera jornada fue a un pueblecito en donde solo había una posada y una casa de campo de una familia noble. Dirigíme a la primera, como era regular, pero la patrona me dijo que tenía orden de no recibir a ningún oficial sino mandarlo a la casa de enfrente. Entré con mi carruaje en la casa, donde los criados me recibieron con atención; mas, al oír que solo la señorita estaba en casa, mandé al momento que me llevasen a otra parte. En esto se presentó una joven de bella presencia que, sin más ni más, dio orden a sus criados de desempaquetar mi zaga. Díjome que esperaba a sus padres de vuelta de un viaje corto aquella noche, pero, no habiendo llegado, ella sola hizo el agasajo debido a un huésped con la mayor gracia y modestia. Sabiendo que había de partir muy de mañana, no permitió que los criados preparasen mi almuerzo sin estar ella presente. Partí, sin saber cómo darle las cumplidas gracias. Pero bien pronto la fiebre que de día en día había ido apoderándose de mí me quitó enteramente el sentido. Al cabo de veinte días volví en mí y me hallé en cama, sin fuerzas para moverme. Reconocí a mis criados, de quienes supe que, cuando me acometió el delirio en la silla de posta, me volvieron a llevar al pueblo donde había dormido la noche anterior, que tanto la señorita como sus padres continuaron a mi cabecera hasta que, por falta de médico y por oír que de cuando en cuando nombraba a Tunfkirchen, me habían hecho conducir con el mayor cuidado a dicho pueblo, que era donde me hallaba.

»Recobré poco a poco las fuerzas, y durante mi convalecencia me llegó la patente de capitán, que a haber venido antes me hubiera hecho feliz y hubiera salvado la vida a la desgraciada que ya, a este tiempo, se hallaba en los odiosos brazos del bárbaro que la obligó a ser su mujer. Pasaron algunos meses, y, cuando menos lo esperaba, recibí una carta de la hermana menor, en que me decía que su hermana se hallaba a las puertas de la muerte, habiéndosele pegado la calentura de modo que los médicos la habían desahuciado, que su marido se había ausentado dejándola en tan deplorable situación y que la moribunda me suplicaba, por el amor que la había traído al último trance, que la viese antes de expirar y, en fin, que la entrevista se haría en presencia de su médico y su hermana para evitar los tiros de la maledicencia.

»Partí al momento. Llegué a la casa donde mi amiga, la madrina de mis desgraciados amores, salió a recibirme bañada en lágrimas. Pintar la escena que se verificó enseguida jamás me ha sido posible, aunque está grabada con colores de fuego en mi mente.

»Cinco meses después selló la muerte la separación que el egoísmo de un bárbaro había efectuado. Él mismo falleció en breve de resultas de sus excesos, y, como si hasta en la sepultura no pudiese dejar de perseguir a la infeliz familia cuya más preciosa joya había empañado con su brutal aliento, los papeles por miedo de los cuales forzó al padre a causar la ruina de su hija quedaron expuestos al examen del Gobierno —¡con tal vileza los había conservado hasta el fin, para dominar en la familia del suegro!—. Estos documentos condujeron al desdichado padre de mi querida a una cárcel. Confiscáronle sus bienes, murió su mujer de aflicción y su hija menor, la generosa amiga de mi juventud, tuvo que retirarse a un convento, desde donde me comunicó la muerte de su padre, quien no pudo sobrevivir a tantas calamidades.

»Por varios años continué recibiendo cartas de esta amable joven. De pronto cesó la correspondencia, y no tengo duda que la muerte desgajó la última rama de una familia a cuya sombra creí, en otro tiempo, que mi felicidad no conocería límites. Ved, amigo, los engaños de la esperanza humana en este anciano enfermo y solitario.

El alcázar de Sevilla

Mi paseo favorito, cuando me hallaba de estudiante en Sevilla, era el Alcázar, antigua residencia de los reyes moros y cristianos que fijaron su corte en aquella capital. Los árabes empezaron a edificar este palacio, a poco trecho de la principal mezquita, convertida después de catedral. Pedro el Cruel lo reedificó en más vastas dimensiones, por los años de 1360. El tirano de Castilla quiso que aquel edificio sirviese al mismo tiempo de palacio y de fortaleza, y para esto alzó, en la parte que mira a la ciudad, una muralla, que, aunque oculta en el día por las casas labradas en los tiempos siguientes, hace ver cuánto tiene que temer aquel a quien todos temen.

Las puertas de este circuito indican los límites de la antigua Sevilla, sin que se crea que me sirvo de este epíteto en el sentido de los anticuarios. Poco o nada me importan las fechas históricas, antes bien, por los malos ratos que me han dado durante el curso de la vida, procuro borrarlas cuanto antes de mi memoria. Ni siquiera he tomado en las manos un solo libro de los que contienen la historia de mi ciudad nativa. ¿Qué más libros que el Alcázar? Para mí era aquél un sitio de encanto. Los cantos tradicionales que tantas veces había oído en los dulces labios que me enseñaron el habla de Castilla habían producido este efecto en mi imaginación. Dábaseme un bledo de sus actuales habitantes, ni veía otros en el Alcázar que las sombras de los moros y españoles que habían residido allí en las eras del amor y de la caballería.

Y por cierto compadezco al andaluz joven que, al entrar un día de verano por la puerta de los Monteros y al mirar las filigranas arabescas del palacio, al pasar por los salones del jardín, y de allí a las caballerizas reales, por fin al guarecerse de los rayos del Sol, ardiente pero vivificante, en el laberinto de calles moriscas que están detrás del Alcázar, puede oír con indiferencia aquellas sabrosas narraciones que el lenguaje del hombre no puede trasladar de las creaciones de la fantasía, aquellas pláticas dulces que mecieron mi niñez y que jamás borrará de mi memoria el tiempo. Bajando estoy el valle de la vida, y todavía se fijan mis pensamientos en aquellas calles estrechas, sombrías y silenciosas, donde respiraba el aire perfumado que venía como revoloteando de las vecinas espesuras, donde los pasos retumbaban en los limpios portales de las casas, donde todo respiraba contentamiento y bienandanza, modesto bienestar ensanchado por la alegría y por la mesura de los deseos, honrada mediocridad que no se atraía el respeto por la opulencia ni por el poder, sino por el pundonor heredado. Ya empiezan a desvanecerse, como meras ilusiones, los objetos que me rodean, y no solo los recuerdos, sino las sensaciones externas que recibí en aquella época bienhadada se despiertan como realidades en mi fantasía. ¿Qué es lo que queda de las cosas humanas sino estos vestigios mentales, estas impresiones penosas y profundas que, como heridas mal cerradas en el corazón del desterrado, echan sangre cada vez que se las examina?

La entrada a los jardines del Alcázar es un corredor largo, bajo y estrecho, cuya oscuridad realza el efecto de la luz y del espacio, que se ofrecen de golpe al espectador cuando pasa la puerta de hierro del primer terrado. Para un inglés lo único que puede tener de agradable este espectáculo es la novedad. Todo lo que se presenta a la vista, hasta las plantas y las flores, tiene un aspecto artificial y afectado. Las tijeras del jardinero conservan en perpetua simetría las altas paredes de arrayán, que sirven de vallados a los cuadros de flores, divididos en compasadas secciones. Los grupos de alhucema, boje y tomillo forman grotescos dibujos de animales, divisas y escudos de armas. El suelo de las calles es de ladrillo; una reja de hierro separa cada una de las divisiones, señaladas con los nombres de la Reina, el Príncipe, la Alcoba, el Laberinto y el jardín de las Damas. En el centro de este último se ven dos filas de bailarines formados de arrayán, excepto las cabezas y las manos, que son de madera pintada; lo demás del cuerpo y el traje son de planta viva. En una de las extremidades se ve una banda de músicos, de la misma planta, con arpas, pífanos y panderetas, y dos salvajes colosales, con enormes clavas en las manos, nacidos de las mismas raíces y alimentados por la misma sustancia, están a la entrada a guisa de centinelas.

No faltan viajeros remilgados y descontentadizos que miran estos objetos con afectado desdén; los andaluces, empero, adoctrinados por el clima y por las cualidades de la tierra que habitan, no buscan *delicias rurales* en el recinto de una ciudad, ni bosques majestuosos en llanuras tostadas, ni césped aterciopelado debajo de una atmósfera ardiente, que no dejaría trazas de verdor si no fuera por la tenacidad de algunas plantas y por los arroyos artificiales que las riegan; lo que anhelan es la frescura de la sombra, la fragancia de las auras, los murmullos de las fuentes, el hálito de los naranjos, que casi trastorna los sentidos, la espesa, aunque invisible, nube de esencias que las rosas exhalan, los suspiros del vendaval y los muy más suaves flauteos del ruiseñor. Estos placeres son harto diferentes de los que se gozan en la fría y vasta soledad de un parque, pero ¡oh, cuánto realce les da la misteriosa estrechez de un jardín morisco!

Anegado en estas sensaciones, solía yo pasar horas enteras en cierto rincón favorito, de donde podía oír a mis anchas el copioso raudal que de la boca de un león, con plácido susurro, se deslizaba a una dilatada alberca, y no hubiera cambiado los altos muros, incrustados de rústicos arabescos en su parte superior y forrados en la inferior de espesas varas de naranjos y limoneros, por el más grandioso de los parques que después he visto y he aprendido a admirar en Inglaterra. En aquel bienhadado asilo, casi solo, porque, si no es dos o tres días en el año, pocos son los concurrentes a los jardines del Alcázar, oyendo el ruido de las tijeras de los jardineros, que, cortando las fibras del boje y del arrayán, las forzaba a exhalar por doquiera sus esencias perfumadas, mi imaginación se gozaba en su propio recogimiento, como el ave criada en una pajarera, que nada desea de lo que está más allá de sus alambres. Y en verdad que en aquellos países solo puede saborearse la libertad entre los altos muros y los fuertes cerrojos; solo por estos medios puede el hombre ponerse al abrigo de los tiranuelos que dominan la Iglesia y el Estado. Así lo conocieron los reyes que edificaron y aumentaron el Alcázar y que procuraron rodearse de guardias y de muros para alejarse más y más de las miradas curiosas del público. Yo, que no disfrutaba otros placeres que los que me suministraba mi imaginación, no pasaba jamás debajo de las amenazantes clavas de los gigantes sin deleitarme en pensar que suspendían el golpe en mi favor y que estaban prontos a descargarlo sobre el primero que osase profanar la escena de mis sabrosas ilusiones.

Sin embargo, de cuando en cuando, venían algunas gentes del campo a ver los jardines del Alcázar, que forman una de las más interesantes curiosidades de Sevilla, y, aunque en efecto su presencia me molestaba, por otro lado me divertía sobremanera el juego de las fuentes, que en estas ocasiones hacen lucir los jardineros, cuando se les da una propina. Porque es menester que sepa el lector que los paseos enladrillados y los muros cubiertos de incrustaciones rústicas, de conchas y de corales, ocultan un sinnúmero de conductos, que están en comunicación con un depósito de agua colocado a mayor altura. Así que, solo con dar vuelta a una llave, se ve salir una infinidad de chorrillos de agua, que suben a la altura de ocho o diez pies y cuya proyección conserva la línea del artimaño o figura que los arroja. Los que salen del suelo forman una especie de bóveda, debajo de la cual puede uno pasearse libremente sin recibir más que algunas gotas. Antes había órganos hidráulicos, que sonaban cuando se daba curso al agua, mas de esto lo único que queda en el día es un trompetero, cuyo sonido es muy suave y que parece salir de debajo de tierra. La singularidad de estos amaños y la frescura que esparce a la redonda esta lluvia artificial están en perfecta armonía con el carácter peculiar de la escena. Yo, por mi parte, jamás gocé de semejante espectáculo sin que mis pensamientos se vigorizasen, y sin que recibiese nuevos deleites mi fantasía.

En una de estas ocasiones trabé conocimiento con un excelente hombre, verdadero modelo de los caballeros de Sevilla, en época en que empezaban a afinarse los modales de los españoles y poco antes de que se generalizase la franqueza moderna, tan opuesta a la cortés gravedad y pausada urbanidad de nuestros antepasados. Llamábase don Antonio Montesdeoca, y era hombre de aquellos que solo usaban el fraque a la francesa en los días de ceremonia o para asistir a alguna fiesta de Iglesia. Su traje ordinario era la pomposa capa española, de seda oscura en verano y de paño del mismo color en invierno. Cubría su cabeza una redecilla de seda negra, con una cálifa de colgajos en su extremidad, a manera de la que sirve de adorno a las pandorgas que remontan los muchachos. El sombrero de castor blanco tendría sus diez pulgadas de ala circular, sin que excediesen de tres o cuatro las de la altura de la copa. Era alto, delgado, derecho, y llevaba siempre sobre el pecho el brazo izquierdo, como si sostuviese la toledana, sin la cual ningún gentilhombre salía por las tardes hace sesenta años. Nos conocíamos de nombre, pero no más, así que cuando me encontraba con él, en las calles del Alcázar, lo saludaba quitándome el sombrero, según la usanza de la antigua cortesanía española, que mis padres me habían enseñado. No tardamos en trabar conversación. Don Antonio me dijo que conocía a mi familia, y me preguntó la causa de mis frecuentes visitas al jardín, no quedando poco sorprendido al ver la semejanza de nuestras aficiones, en tan diferentes edades. Desde esta primera conversación, muchas veces platicábamos a la sombra del mismo árbol. Tenía buen caudal de noticias acerca del

Alcázar y de las otras antigüedades de Sevilla. Yo escuchaba con el más vivo interés cuanto me decía acerca de los tiempos pasados, y, recordando lo que más profunda impresión dejó en mi memoria, voy a anotarlo aquí para satisfacción de mis lectores.

Había en los jardines un sitio que desde mi niñez me inspiraba cierta curiosidad con sus vislumbres de pavor. Es una sala subterránea, lóbrega y profunda, sostenida por filas de columnas dobles, débilmente iluminada por unas lucanas abiertas en el techo y cerrada por fuertes puertas de hierro como si su destino hubiera sido el servir de calabozo. En medio se ve una fuente de mármol, seca en la actualidad, pero que tuvo agua en su tiempo, como lo denotan los conductos que todavía se descubren en su parte superior. La tradición de su primer destino se conserva en el nombre de los *Baños de doña María Padilla*. Fue esta señora, si hemos de creer a la voz común, querida de Pedro el Cruel desde su más temprana juventud hasta su muerte, y blanco de los tiros del partido que colocó en el trono al bastardo Enrique de Trastámara, que mató con sus propias manos al rey su hermano, después de la batalla de Montiel. Tal era, sin embargo, la belleza de María, tal la bondad de su corazón y tales las prendas de su alma, que aun las crónicas escritas durante el reinado del usurpador hablan de ella con respeto, a pesar de los desatinos conservados en las tradiciones populares de Sevilla, hijos de la malicia y de la calumnia. Una vez que entré en los baños, gracias a la protección de mi amigo don Antonio, preguntóme éste si había oído muchas historias acerca de María Padilla.

—Muchas —le respondí—, porque ésta es la comidilla de los muchachos de Sevilla, y, entre otras, no pocas veces he oído hablar del coche de fuego en que aquella señora suele dar sus paseos nocturnos por las calles de la ciudad y del descaro con que se ofrecía a las miradas del público en estos mismos baños.

—¡Qué absurdo y qué maldad! —me respondió don Antonio—. Insoportable me es la calumnia, aun cuando se dirija a personas que han desaparecido siglos ha del teatro del mundo. María Padilla, si he de decir verdad, es uno de mis personajes históricos favoritos. El amor desinteresado que profesaba a Pedro le hizo llevar con paciencia la nota de concubina, siendo, como lo era, la verdadera y legítima reina de Castilla. Poco después de su muerte, se presentaron a las Cortes de Sevilla las pruebas más indudables de este casamiento, y nadie negaría hoy este hecho, si su autenticidad no hubiera puesto tan grave obstáculo a la usurpación de Enrique. En galardón de sus virtudes y padecimientos, la Providencia le ahorró el pesar de presenciar los últimos años del reinado de Pedro y la humillación de postrarse a los pies del asesino de su marido, por más que los romances digan lo contrario. Pedro casi tuvo la suerte que merecía, y, con todo eso, no faltan motivos que excusan en cierto modo su tiranía. Era niño cuando ocupó el trono, y desde el principio alzáronse y lidiaron entre sí dos facciones que querían hacerlo víctima de su ambición. Su infame y perversa madre exasperó su índole, de suyo violenta, y la convirtió en descubierta ferocidad. La turba de bastardos de Pedro no estaban lejos de merecer la muerte que les dio el frenético tirano, y, con todo, María, a quien ellos aborrecían, hizo cuanto pudo por salvarlos. Grande debió de ser el poder de sus gracias, pues que enfrenaron durante toda su vida a un hombre de tan desbocadas pasiones. Mas Pedro, que, en la fiebre de la juventud y seducido por los protervos rivales de María, trató muchas veces de romper los lazos que a ella lo ligaban, volvía de nuevo a ella, declarando que era la más amable de las mujeres. ¿Veis aquella hermosa galería, sostenida en grupos de pequeñas columnas, que pasa sobre los muros de la ciudad, al fin de estos jardines?

—Sí —respondí yo—; por ella comunica el Alcázar con la Torre del Oro, que está a orillas del río.

—En aquella torre —continuó mi amigo— estuvo algún tiempo una de las rivales que suscitaron a María sus enemigos. Llamábase Aldonza Coronel, hermana de la célebre María Coronel, fundadora del convento de Santa Clara, la misma que, por evitar los peligros que amenazaban su virtud, desfiguró su hermosura del modo más horroroso. Su cuerpo se conserva en una urna de cristales, en el sillón principal del coro del convento. Pues bien, Aldonza, más frágil que su hermana, vino a la corte a echarse a los pies del rey y a implorar el perdón de su marido, Alvar Pérez de Guzmán, que había sido declarado traidor. El rey quedó prendado de su hermosura, y los enemigos de María fomentaron aquella inclinación, que tan funesta fue a la que la había inspirado. María yacía abandonada en el Alcázar, mientras la infiel esposa de Alvar Pérez atraía toda la corte a la Torre del Oro. El triunfo de Aldonza fue pasajero. La resignación de María volvió a encender el afecto del rey, y Aldonza tuvo que ir a sepultar su ignominia en el convento que su hermana había fundado para poner la virtud de las mujeres al abrigo de la corrupción de los tiempos.

También se han atribuido al influjo directo de María el maltrato y la muerte de Blanca de Borbón, que era, en la opinión pública, reina legítima de Castilla. No hay duda que contribuyó en gran parte a aquella bárbara acción el invencible apego del monarca a sus primeros amores: pero la causa principal de los infortunios de Blanca fue la conducta de la reina madre, que, bajo el pretexto de defenderla, daba rienda suelta a su ambición. El amor que María profesaba a Pedro era acendradísimo. A tal punto había llegado este afecto que, durante una de las épocas en que Pedro se mostró frío e inconstante, María consiguió una bula de Roma para fundar un monasterio, de que el Papa la nombró abadesa. Poseía, sin embargo, ciudades y estados, a que hubiera podido retirarse para vivir en fastuosa independencia. Pero volvamos a los baños, que da lástima verlos tan degradados y perdidos. En los tiempos de mi juventud aún conservaban la forma que les había dado el arquitecto árabe, porque esta pieza era la única que se mantenía intacta como la habían dejado los moros. Lo que es ahora una tenebrosa mazmorra era entonces un naranjal, de las mismas dimensiones que el patio que se ha construido encima. Las ramas de los árboles subían hasta el nivel del palacio. Estas filas de columnas sostenían dos corredores, que se cruzaban en ángulos rectos, que daban entrada al gran salón y formaban un agradabilísimo paseo que dominaba los cuadros del jardín. No puede haber mayor delicia en un clima caliente que la que se goza en un espacioso baño, sombreado por árboles frondosos, perfumado por fragantes flores, abierto a la luz y al aire, y excavado, por decirlo así, como una gruta en medio de un palacio.

Pregunté una vez a don Antonio cuál era su opinión acerca del carácter de Pedro el Cruel.

—Escritores ha habido en estos tiempos —respondió— que han pintado aquel monarca como un hombre severo en demasía, mas no lo bastante para merecer el título que le ha dado la historia. Ya os he contado pruebas de su ferocidad, y añadiré que en los últimos años de su reinado fue traidor y pérfido para con sus amigos, y monstruo sediento de sangre para con sus contrarios. Aún en sus mejores días solía dar rienda suelta a implacables odios, aunque entonces su carácter parecía ser una mezcla de ingenuidad y amor a la justicia. Ya habéis visto en una de las calles de esta ciudad el busto de Pedro el Cruel, que indica el sitio en que el monarca hizo una muerte, en un encuentro casual que tuvo una noche en que iba paseándose solo y disfrazado. Según cuenta la tradición, jamás se hubiera tenido noticia del autor del delito si no hubiera sido por una vieja que, al oír el ruido de las espadas, se asomó, con un candil en la mano a la ventana. Regirse inmediatamente, asustada, sin ver el rostro al hombre que había muerto a su adversario. Examinada al día siguiente por los jueces, declaró que el homicida no podía ser otro que el rey, a quien había descubierto por el bien conocido crujido de sus rodillas. Pedro oyó la acusación sin turbarse y sin contradecir ni ultrajar a la vieja. No pudiendo, sin embargo, remover las sospechas que había excitado aquel suceso, mandó que se colocase su busto en la calle en que había ocurrido, a la manera que se ponen las cabezas de los malhechores en la escena de sus crímenes. Todavía se da el nombre del Candilejo a la calle que da enfrente del busto del rey, en memoria de la que sacó la vieja cuando oyó el rumor de la pendencia.

Cuál era el estado de la moral pública en aquellos tiempos y cuánta la ineficacia de las leyes contra los poderosos, se puede inferir de otra historia que nos han conservado los cronistas de Sevilla. A los principios del reinado de Pedro había en la catedral un prebendado que quería seducir a una hermosa mujer, casada con un menestral. Las frecuentes visitas del amante despertaron los celos del marido, el cual le intimó que no pusiese los pies en su casa. El clérigo, creyéndose insultado, montó en cólera y despachó al marido al otro mundo. Enseguida tomó sagrado en la catedral, y de allí a poco fue puesto en libertad por el arzobispo, que se contentó con imponerle una pena ligera. Un hijo del muerto, que, aunque joven y pobre, tenía sentimientos elevados, se presentó ante el rey, en el sitio en que éste solía dar audiencia a sus vasallos, que era un espacio abierto, rodeado de bancos de piedra y situado en la inmediación de una de las puertas de palacio. Esta especie de terrado se conservaba todavía a mediados del siglo XVII. El huérfano se quejó amargamente del arzobispo que había dejado sin castigo al asesino de su padre. Pedro lo oyó con gran atención, lo llamó aparte y le preguntó si se sentía con valor para vengar su ofensa, a lo que el joven respondió que aquello era lo que con más vehemencia deseaba. «Pues bien, díjole el rey, hazlo así, y ven enseguida a implorar mi protección.» El mancebo no se lo dejó decir dos veces, sino que en la primera ocasión hizo con el prebendado lo que éste había hecho con su padre. Acogióse a palacio, fue entregado a la justicia y se señaló día para hacerle la causa. Pedro oyó en el tribunal al abogado del arzobispo contra el preso, y preguntó cuál había sido la sentencia impuesta por la Curia al prebendado. "La *suspensión a divinis*, respondió el letrado, por el término de un año." "¿Qué oficio tienes?", preguntó el monarca entonces al reo. "Zapatero", repuso éste. "Vistos los autos, continuó el rey, fallamos que el reo estará privado de hacer zapatos por el término de un año"».

Otro día quise saber la opinión de don Antonio acerca de una gran serpiente que en cierta ocasión había acometido a Pedro el Cruel.

—No estáis en el cuento —me respondió mi amigo—. Lo de la serpiente es una hechicería que algunos escritores del siglo XIV achacan a María Padilla. Dicen, pues, que el regalo de boda que Blanca de Borbón hizo a Pedro fue un hermoso tahalí que agradó sobremanera el rey. María, según aquellos escritores, temerosa de perder el cariño de Pedro, puso el tahalí en manos de un judío, famoso nigromante, y, después que éste lo hubo hechizado, lo volvió a poner entre las demás alhajas. Al día siguiente, Pedro recibió en su corte a los grandes que venían a darle la enhorabuena por su matrimonio, y, de repente, en lugar del hermoso tahalí, con que se adornó en esta ocasión, se vio una espantosa serpiente, que, con el don de la reina, desapareció en un momento de la vista de los circunstantes. Añaden que, desde aquel suceso, Pedro no pudo sufrir el aspecto de Blanca.

—Lástima es —dije yo— que no se forme una colección de los cuentos de hechicería que se conservan por la tradición en estos países.

—Cierto es —respondió don Antonio—, y también lo es que esta parte de la ciudad podría suministrar abundantes datos a esa obra. Después de la conquista de Sevilla, se destinaron para habitación de los moros que quisieron quedarse todas las calles que están al sudeste del Alcázar. Otro barrio, como sabéis, ha conservado el nombre de Judería. Los moros y los judíos eran mucho más instruidos que los españoles, ocupados entonces únicamente en la guerra, y esta superioridad los expuso muchas veces a las sospechas de sus ignorantes vecinos. Los únicos médicos que había a la sazón en España eran, según creo, judíos y moros, y, como la medicina se da la mano con la química, las redomas, los alambiques y los hornillos de un laboratorio no podían menos de confirmar las preocupaciones de los españoles acerca del poder sobrenatural de la magia. Contribuían a mantener estos errores algunos impostores, que, viéndose ya sospechados, procuraban sacar partido de la credulidad y del miedo del vulgo. Acuérdome que en una de las comedias de Lope de Rueda sale un morisco, a quien todos consultan como el mágico titular del pueblo. Después, cuando los descendientes de los moriscos españoles fueron expulsados de la Península de un modo tan cruel e impolítico, prevaleció la idea de que habían dejado muchos tesoros ocultos y de que los guardaban por medios sobrenaturales. Eran entonces tan comunes como en algunas partes de Alemania los cuentos de tesoros encantados. Justamente tenemos enfrente una casa que, en mis mocedades, estuvo mucho tiempo desierta, porque, según decían, se aparecía todas las noches en ella el alma en pena de una mora, condenada a guardar un tesoro.

—Sé cuál es la casa —dije yo entonces—, pero el nombre que tiene de *Casa del Duende* me da a entender que la historia de que se trata pertenece a la parte ridícula del mundo de los espectros.

—Nada de eso —respondió mi amigo—. La historia, falsa o verdadera, es trágica e interesante. Voy a contárosla.

Entre las desventuradas familias de moriscos españoles que se vieron forzados a salir de España por los años de 1610, se contaba la de un rico labrador, dueño de esa misma casa de que hemos hablado. Como el objeto principal del gobierno en la expulsión de los moriscos fue evitar que se llevasen consigo sus riquezas, muchos de ellos las enterraron, esperando en mejores tiempos el permiso de volver de África a sus antiguos hogares. Mulei Hasem había mandado construir una bóveda debajo del ancho zaguán de su casa. Tomó sus precauciones para que nada echasen de ver sus vecinos; depositó en la bóveda una gran cantidad de perlas y oro, e hizo conjurar el sitio por otro morisco, diestro en el arte diabólica.

La envidia de los españoles y las graves penas fulminadas contra los expulsos que volviesen a la península, estorbaron a Mulei Hasem todas las ocasiones de recobrar su tesoro. Murió, confiando aquel importante secreto a su hija única, que, nacida y criada en Sevilla, estaba perfectamente enterada del sitio en que habían quedado las riquezas. Casóse Fátima, y quedó viuda, con una hija, a quien enseñó la lengua española, a fin de que en lo sucesivo pasase por natural de aquel país. Aguijoneada por la pobreza, aumentóse su deseo de recuperar la opulencia de su padre, y, sin poder refrenar su anhelo, se embarcó con su hija Zuleima en un corsario, y desembarcó, a escondidas de los habitantes, en una cala de las inmediaciones de Huelva. Vistiéronse madre e hija al uso del país, tomaron nombres cristianos y se dirigieron a Sevilla, pretextando, para mayor disimulo, el cumplimiento de un voto en un famoso santuario, dedicado a la Virgen, que se halla cerca de Moguer. No es del caso entrar en los pormenores de las diligencias y artificios de que se valieron Fátima y Zuleima, para ingerirse en la casa en que estaban cifradas todas sus esperanzas. Baste decir que se acomodaron en ella de criadas y que se granjearon el afecto de los amos, a lo que contribuyeron en gran manera las gracias de Zuleima, que a la sazón tenía catorce años, y que no necesitaba de otros medios para cautivar el cariño de cuantos la tratasen que su lindeza y atractivo.

Cuando Fátima creyó que había llegado el tiempo de dar cumplimiento a sus planes, preparó a su hija con las instrucciones necesarias para apoderarse del tesoro, de que no había cesado de hablarle desde su niñez. Llegó el invierno; la gente de la casa se mudó al piso principal, según se acostumbra en Sevilla, y Fátima pidió el permiso de habitar los cuartos bajos en compañía de su hija. A mediados de diciembre, cuando las lluvias continuas anunciaban una próxima crecida del Guadalquivir y no había alma viviente que pusiese los pies en la calle después de oraciones, Fátima hizo los preparativos que debían ayudarla en la empresa que había meditado. Hízose de una cuerda y de un canasto, y, cerca de las doce de la noche señalada para llevar adelante la hechicería, se dirigió a tientas hacia el zaguán, llevando por la mano a Zuleima, que temblaba como la hoja en el árbol. Dan las doce en el reloj de la catedral, cuyo sonido, en las calladas horas de la noche, retumbaba en todos los ámbitos de la ciudad. Dos minutos después se oyeron los melancólicos golpeos de la plegaria, y, cuando éstos cesaron, quedó todo en el más profundo silencio, que, de cuando en cuando, interrumpían los aguaceros y las ráfagas. Fátima, desasiéndose de las frías manos de Zuleima, hirió un pedernal, encendió un cabo de vela verde, de una pulgada de largo, y lo colocó en una linterna. Apenas dieron los primeros rayos de luz en el pavimento, cuando se abrió éste, cerca de donde estaban la madre y la hija. «Zuleima, única prenda de mi vida, dijo Fátima, si tuvieras bastante fuerza para sostenerme, no te daría yo el trabajo de entrar en la bóveda. Pero no temas. Nada hay en ella sino oro y alhajas. Aunque hay una escalera por la que puedes bajar hasta el fondo, es demasiado perpendicular, y será más conveniente que yo te sostenga con la cuerda.» «Madre mía, respondió temblando la muchacha, la sangre se me hiela en las venas al ver esa espantosa bóveda; mas no importa; os he dado palabra de ayudaros y la cumpliré. Atadme bien el puño. Cuidado, que vais a sostener todo el peso de mi cuerpo. ¡Piadoso Alá! ¡Mis pies resbalan! ¡Madre mía! ¡Madre mía! ¡No me dejéis a oscuras!»

Al descolgarse en la bóveda, cuya altura era como la del cuerpo de Zuleima, sus pies resbalaron, en efecto, en una de las piedras que sobresalían en el muro, y el ruido de las monedas que se deslizaron al golpe reanimó las desfallecientes esperanzas de la madre. «Aquí está la canasta, le dice, llénala de oro; busca las alhajas. No moveré la linterna. Bien, hija mía; otra canasta y no más. No quiero exponerte más tiempo. Todavía hay vela para cinco minutos. Pero... ¡Dios mío!, el pabilo está nadando en cera derretida. La cuerda... ¿dónde está?... La cuerda... busca la escalera... hacia este lado.»

Oyóse un quejido lastimero. Lanzábalo la cuitada Zuleima, sepultada ya en montones de oro. Volvió a quedar todo en tinieblas. La infeliz madre buscaba a tientas la boca de la bóveda, pero en vano. Había cesado el encanto, y el suelo había vuelto a su estado primitivo. Hiérelo repetidas veces con el pie, y más crece su angustia, cuando un eco pavoroso retumba en la concavidad cerrada para siempre. Golpea con fuerza sobre los guijarros del piso, hasta que sus manos se entumecen. Arrójase casi exánime al suelo y, cuando recobra por algunos momentos el sentido, oye en lo profundo la voz plañidera de su hija: *¡Madre, mía, madre mía, no me dejéis a oscuras!* Fátima permanece por un instante inmóvil. De pronto, abandonada a un frenético despecho, deja caer violentamente la cabeza sobre las piedras, y allí la encontraron al siguiente día, yerta e inanimada.

Dicen que Fátima se aparece, cierta noche del mes de diciembre, a los que incautamente y sin saber su historia pasan por el zaguán del encanto. Dos grandes figuras negras la obligan, a pesar de todos sus esfuerzos, a sentarse sobre la bóveda, con una canasta llena de oro a los pies. Ella procura desasirse de sus robustos brazos, para taparse los oídos, a fin de no oír las voces que suenan sin cesar por espacio de una hora: *¡Madre, mía, madre mía, no me dejéis a oscuras!*

Libros a la carta

A la carta es un servicio especializado para
empresas,
librerías,
bibliotecas,
editoriales
y centros de enseñanza;
y permite confeccionar libros que, por su formato y concepción, sirven a los propósitos más específicos de estas instituciones.

Las empresas nos encargan ediciones personalizadas para marketing editorial o para regalos institucionales. Y los interesados solicitan, a título personal, ediciones antiguas, o no disponibles en el mercado; y las acompañan con notas y comentarios críticos.

Las ediciones tienen como apoyo un libro de estilo con todo tipo de referencias sobre los criterios de tratamiento tipográfico aplicados a nuestros libros que puede ser consultado en Linkguaediciones.com.

Linkgua edita por encargo diferentes versiones de una misma obra con distintos tratamientos ortotipográficos (actualizaciones de carácter divulgativo de un clásico, o versiones estrictamente fieles a la edición original de referencia).

Este servicio de ediciones a la carta le permitirá, si usted se dedica a la enseñanza, tener una forma de hacer pública su interpretación de un texto y, sobre una versión digitalizada «base», usted podrá introducir interpretaciones del texto fuente. Es un tópico que los profesores denuncien en clase los desmanes de una edición, o vayan comentando errores de interpretación de un texto y esta es una solución útil a esa necesidad del mundo académico.

Asimismo publicamos de manera sistemática, en un mismo catálogo, tesis doctorales y actas de congresos académicos, que son distribuidas a través de nuestra Web.

El servicio de «libros a la carta» funciona de dos formas.

1. Tenemos un fondo de libros digitalizados que usted puede personalizar en tiradas de al menos cinco ejemplares. Estas personalizaciones pueden ser de todo tipo: añadir notas de clase para uso de un grupo de estudiantes, introducir logos corporativos para uso con fines de marketing empresarial, etc. etc.

2. Buscamos libros descatalogados de otras editoriales y los reeditamos en tiradas cortas a petición de un cliente.